Doctor de Soto

WILLIAM STEIG

Traducción de María Puncel

Mirasol / *libros juveniles*

Farrar, Straus and Giroux   *New York*

A Delia, Sidonie, Sylvain, Estelle, Kyle, Molly,
Reid, Tina, Serena, Zachary y Zoe

Copyright © 1982 by William Steig
Translation copyright © 1991 by María Puncel
All rights reserved
Library of Congress catalog card number: 96-061991
Printed in September 2010 in China by South China Printing Co. Ltd.,
Dongguan City, Guangdong Province
First edition, 1982
Mirasol edition, 1997
11   13   15   14   12   10

ISBN: 978-0-374-41813-7

El Doctor de Soto, dentista, trabajaba muy bien, así que

tenía un sinfín de pacientes. Los que eran de tamaño parecido al suyo, topos, ardillas, etcétera, se sentaban en la silla normal de dentista.

Los animales de mayor tamaño se sentaban en el suelo y el Doctor de Soto se encaramaba en una escalera.

Para los animales muy grandes había una habitación especial en la que el Doctor de Soto era izado hasta la boca del paciente por su ayudante, que, además, era su esposa.

El Doctor de Soto era especialmente apreciado por los animales grandes porque podía trabajar dentro de sus bocas; para hacerlo se ponía botas de goma con el fin de no mojarse los pies. Sus dedos trabajaban con tal delicadeza y su torno era tan fino que los clientes no sentían apenas nada.

Como era ratón, se negaba a tratar animales que fueran peligrosos para los ratones y así lo advertía en el cartel de su puerta. Cuando sonaba la campanilla, él y su esposa se asomaban a la ventana. No dejaban entrar a ningún gato, ni siquiera al de aspecto más inofensivo.

Un día, cuando se asomaron a mirar, vieron un zorro bien trajeado que llevaba un pañuelo de franela atado alrededor de la mandíbula.

—¡No puedo recibirle, señor!—le dijo el Doctor de Soto desde
la ventana—. ¿No ha leído usted el cartel?

—¡Por favor!—gimió el zorro—. ¡Tenga compasión de mí, me duele muchísimo!

Y lloraba de tal manera que daba pena verle.

—Un momento—dijo el Doctor de Soto y consultó en voz baja con su esposa—: Ese pobre zorro... ¿qué te parece que hagamos?

—Nos arriesgaremos—dijo la señora de Soto y apretó el botón que abría la puerta para que entrase el zorro.

El enorme animal subió las escaleras en cuatro saltos.

—¡Ay, gracias, mil gracias!—exclamó cayendo de rodillas—. Por favor, háganme algo, esta muela me está matando.

—Siéntese usted en el suelo—indicó el Doctor de Soto—y quítese el pañuelo, por favor.

El Doctor de Soto se encaramó en su escalera y valientemente se introdujo en la boca del zorro.

—¡Huf!—exclamó bajito.

El zorro tenía una bicúspide podrida y un aliento que olía muy mal.

—Hay que extraer esta muela—informó el Doctor de Soto—, pero le pondremos luego una nueva.

—¡Quíteme el dolor!—gimió el zorro, limpiándose las lágrimas.

A pesar del terrible dolor que sentía, se daba cuenta del sabroso bocado que tenía entre los dientes y le empezaron a temblar las mandíbulas.

—¡Mantenga la boca abierta!—le gritó el Doctor de Soto.

—¡Abierta del todo!—gritó la señora de Soto.

—Voy a darle un poco de anestesia—dijo el Doctor de Soto—. No sentirá nada cuando le saque la muela.

Enseguida el zorro empezó a dormirse:

—Mmm . . . mmm . . . qué rico . . . —murmuraba—. Me gustan . . . crudos . . . con sólo . . . una pizca de . . . sal y . . . un vasito de . . . vino blanco seco . . .

Era fácil adivinar lo que estaba soñando. La señora de Soto le alargó a su marido una vara para que sostuviera abierta la boca del zorro.

El Doctor de Soto ató su extractor a la muela mala; luego él y su mujer empezaron a girar las manivelas. Por fin, con un ligero chasquido la muela saltó fuera y quedó balanceándose en el aire.

—¡Estoy sangrando!—se quejó el zorro cuando volvió en sí.

El Doctor de Soto trepó escaleras arriba y taponó el agujero con un poco de gasa.

—Lo peor ya ha pasado—dijo—. Mañana tendremos su nueva muela preparada. Venga a las once en punto.

El zorro, todavía un poco atontado por la anestesia, dijo adiós y se marchó. De camino hacia su casa se iba preguntando si verdaderamente sería una maldad muy mala comerse a los de Soto tan pronto como terminasen su trabajo.

Al acabar la consulta, la señora de Soto preparó una muela de oro y la pulió.

—Conque crudos y con sal ¿eh?—murmuraba el Doctor de Soto—. Ha sido una locura confiar en un zorro.

—No sabía lo que decía—le contestó la señora de Soto—. ¿Cómo va a hacernos ningún daño? Le estamos ayudando . . .

—¡Es un zorro!—dijo el Doctor de Soto—. Y los zorros son animales astutos.

Esa noche, los dos permanecieron despiertos y preocupados.

—¿Crees que deberíamos dejarle entrar mañana?—decía la señora de Soto.

Y él contestó con firmeza:

—Cuando yo empiezo un trabajo, lo termino. Mi padre era igual.

—Pero tendremos que hacer algo para protegernos—dijo ella.

Hablaron y hablaron hasta que prepararon un buen plan.

—Espero que dé resultado—dijo el Doctor de Soto.

Un minuto después estaba ya roncando.

A la mañana siguiente, a las once en punto, apareció el zorro de lo más sonriente. No sentía ni pizca de dolor.

En cuanto el Doctor de Soto se metió en su boca, el zorro la cerró; enseguida volvió a abrirla y se rio.

—Sólo ha sido una broma—farfulló.

—Seamos serios—dijo el dentista secamente—. Estamos trabajando ¿no?

Su esposa subió la pesada muela hasta lo alto de la escalera.

—¡Es preciosa!—exclamó el zorro—. Me gusta muchísimo.

El Doctor de Soto colocó la muela en su sitio y la enganchó a las dos que tenía a los costados.

El zorro acarició la muela nueva con la lengua.

«¡Qué bien me la han dejado!», se dijo. «En realidad no debería comérmelos, pero ¿cómo voy a poder resistir la tentación?»

—No hemos terminado—dijo el Doctor de Soto mostrando una botella—. Tengo aquí un preparado especial que mi esposa y yo hemos perfeccionado últimamente. Con una sola aplicación quedará usted libre de dolores de muelas para siempre. ¿Le gustaría ser el primero en recibir este tratamiento único?

—Desde luego—declaró el zorro—, me sentiré muy honrado.
Le horrorizaba sentir cualquier tipo de dolor.

—No tendrá usted que volver a visitarnos nunca—dijo el
Doctor de Soto.

«*Nadie* va a volver a visitaros nunca más», se dijo el zorro.
Había decidido ya comérselos con la ayuda de su muela recién
estrenada.

El Doctor de Soto se metió en la boca del zorro con un cubo lleno de la fórmula secreta y empezó a embadurnar todos y cada uno de los dientes. Canturreaba mientras lo hacía. Su esposa estaba cerca de él subida en la escalera y le señalaba algunos lugares que se olvidaba de embadurnar. El zorro estaba encantado.

Cuando el dentista terminó, saltó fuera y dijo:

—Ahora cierre la boca, apriete bien los dientes y espere así durante un minuto.

El zorro hizo lo que decían; luego intentó abrir la boca, pero ¡tenía los dientes pegados!

—¡Ah, perdone, debería habérselo advertido!—dijo el Doctor de Soto—. No podrá usted abrir la boca en uno o dos días. La fórmula secreta tiene que penetrar en la dentina; pero no se preocupe, ¡no volverá usted a tener dolores nunca!

El zorro estaba desconcertado. Miró primero al Doctor de Soto y luego a su esposa. Ellos le contemplaban sonrientes. Todo lo que pudo decir fue:

—Ushas gaashiash—por entre sus dientes apretados y después se levantó y se fue. Y trató de hacerlo con dignidad.

Bajó las escaleras tambaleándose aturdido.

El Doctor de Soto y su ayudante habían sido más astutos que el zorro.

Se besaron alegremente y se tomaron el resto del día libre.